CAMBIOS PARA JOSEFINA
UN CUENTO DE INVIERNO

VALERIE TRIPP
VERSIÓN EN ESPAÑOL DE JOSÉ MORENO
ILUSTRACIONES JEAN-PAUL TIBBLES
VIÑETAS SUSAN MCALILEY

PLEASANT COMPANY

Published by Pleasant Company Publications
© Translation copyright 1998 by Pleasant Company

Printed in the United States of America.
98 99 00 01 02 03 WCT 10 9 8 7 6 5 4 3 2 1

The American Girls Collection®, Josefina®, and Josefina Montoya®, are registered
trademarks of Pleasant Company in the U.S. and Mexico.

PERMISSIONS & PICTURE CREDITS

The following individuals and organizations have generously given permission to
reprint illustrations contained in "Looking Back": pp. 56-57—*Chili Time, New Mexico,* by
Oscar E. Berninghaus, private collection; illustration from *Commerce of the Prairies* by Josiah Gregg
(wagon train); detail from painting by Carlos Nebel, ca. 1830 (two women); courtesy Museum
of New Mexico, Santa Fe, neg. #9927 (Cleofas Jaramillo); pp. 58-59—courtesy Museum of New
Mexico, neg. #9896 (Josiah Gregg); Center for Southwest Research, University of New Mexico
(book page); *Army of the West Entering Santa Fe, August 18, 1846,* by Don Spaulding. Courtesy
Don Spaulding and Sunwest Bank of Santa Fe; *Mexican War–Storming of the Heights,
April 18, 1847,* artist unknown, © Collection of The New-York Historical Society, neg. #36030;
pp. 60-61—*Through the Alkali,* by C.M. Russell. From the Collection of Gilcrease Museum, Tulsa,
neg. #0137.903 (cowboy); courtesy Nita Stewart Haley Memorial Library, Midland, TX (outlaws);
National Anthropological Archives, Smithsonian Institution, neg. #76-6644 (Apache women);
Ben Wittick, School of American Research Collections, Santa Fe, neg. #15780 (train);
Victor Higgins, courtesy Museum of New Mexico, neg. #40394 (painter); pp. 62-63—"The Next
Candidate for Statehood" from *Puck,* vol. L, no. 1294. Courtesy Minnesota Historical Society,
St. Paul. Reprinted in *Nuestras Mujeres: Hispanas of New Mexico, their images and their lives, 1582-
1992,* Tey Diana Rebolledo, editor; photo by Aaron B. Craycraft, courtesy Museum of New
Mexico, neg. #14145 (Santa Fe street); Jack Parsons Photography, Santa Fe (dancers).

Edited by Peg Ross and Judith Woodburn
Designed by Mark Macauley, Myland McRevey, Laura Moberly, and Jane S.Varda
Art Directed by Jane S.Varda
Translated by José Moreno
Spanish Edition Directed by The Hampton-Brown Company

Library of Congress Cataloging-in-Publication Data
Tripp, Valerie, 1951-
[Changes for Josefina. Spanish]
Cambios para Josefina: un cuento de invierno / Valerie Tripp; versión en español de
José Moreno; ilustraciones de Jean-Paul Tibbles; viñetas de Susan McAliley.
p. cm. — (The American girls collection)
"Libro seis."
Summary: When Tía Dolores, the beloved aunt who has cared for the
Montoya family since the death of their mother, announces that she is planning
to leave, Josefina and her sisters try to find a way to change her mind.
ISBN 1-56247-595-9 (paperback)
[1. Aunts—Fiction. 2. Sisters—Fiction. 3. Ranch life—New Mexico—Fiction.
4. Mexican Americans—Fiction. 5. New Mexico—History—To 1848—Fiction.
6. Spanish language materials.]
I. Moreno, José. II. Tibbles, Jean-Paul, ill. III. McAliley, Susan. IV. Title. V. Series.
[PZ73.T747 1998]   [Fic]—dc21   98-27648 CIP AC

PARA ROSALINDA BARRERA, JUAN GARCÍA,
SANDRA JARAMILLO, SKIP KEITH MILLER,
FELIPE MIRABAL, TEY DIANA REBOLLEDO,
ORLANDO ROMERO Y MARC SIMMONS
CON AGRADECIMIENTO

Al leer este libro, es posible
que encuentres ciertas
palabras que no te resulten
conocidas. Algunas son
expresiones locales, que la
población de habla española
usaba, y usa aún hoy, en
Nuevo México. Otras son
usos antiguos que alguien
como Josefina y su familia
habría utilizado en el año
1824. Pero piensa que, si
dentro de dos siglos alguien
escribiera una historia sobre
tu vida, es probable que
nuestra lengua le resultara
extraña a un lector del futuro.

Contenido

La familia de Josefina

EL PADRE
El señor Montoya,
que guía a su familia y
dirige el rancho con
callada fortaleza.

ANA
La hermana mayor de
Josefina, que está casada
y tiene dos hijitos.

JOSEFINA
Una niña de diez
años con un corazón
y unos sueños tan
grandes como el cielo
de Nuevo México.

FRANCISCA
La segunda hermana.
Tiene dieciséis años y es
obstinada e impaciente.

CLARA
La tercera hermana.
Tiene trece años y es
práctica y sensata.

LA TÍA DOLORES
La hermana de la madre, que vive con la familia de Josefina en su rancho.

ANTONIO Y JUAN
Los hijos pequeños de Ana, de tres y cinco años de edad.

LA TÍA MAGDALENA
La madrina de Josefina y una respetada curandera.

EL ABUELO
El padre de la madre de Josefina, un comerciante que vive en Santa Fe.

LA ABUELA
La madre de la mamá de Josefina, una señora amable y digna que concede gran importancia a la tradición.

REGALOS Y ALEGRÍAS

Un murmullo hormigueaba en los oídos de Josefina: —Despierta, despierta...

La niña estaba más a gusto que un pájaro en su nido, pero apartó la frazada y, abriendo unos ojos soñolientos, vio a sus dos sobrinitos, Juan y Antonio, agachados junto a ella. Estaban tan cerca que podía notar su cálido aliento, e incluso distinguir en la oscuridad la excitación que iluminaba sus caras.

—¡Mira! —susurró Juan; los dos hermanos sostenían sus zapatos frente a ella—. Han venido los Reyes y nos han traído regalos.

—¡Y a ti también, tía Josefina! —dijo Antonio con la boca llena de dulces.

—¡Ah, sí! —dijo Josefina irguiéndose velozmente para ver el zapato que Antonio le alcanzaba. Envueltas en un limpísimo paño había frutas confitadas, rodajas de manzanas y albaricoques secos y un pequeño cucurucho de azúcar. En el fondo del zapato se veía una pequeñísima figura de madera que representaba a su chiva Sombrita. Era la mañana del seis de enero, el día de los Reyes Magos. De acuerdo con una antigua costumbre, la noche anterior los niños habían llenado sus zapatos de heno y los habían dejado fuera de la casa. El heno era para alimentar a los camellos de los tres reyes que, según la leyenda, regresaban de Belén tras haber entregado una ofrenda al Niño Jesús. Como muestra de agradecimiento, los Reyes Magos dejaban regalos en los zapatos de los niños.

—Los Reyes han sido muy espléndidos —dijo Josefina, mordiendo un trozo de melón confitado.

Antonio se olvidó de hablar bajo y, sujetando un zapato casi vacío, exclamó con un gran suspiro:
—¡Es tan chico...!

—Chsss —le siseó Juan, que tenía cinco años; Josefina compartía dormitorio con Clara y Francisca,

sus dos hermanas mayores, y todo el mundo sabía que la segunda se pasaba el día refunfuñando si la despertaban muy temprano—. Tenías un montón de dulces, pero te los has comido demasiado rápido —murmuró el niño.

Antonio bajó la cabeza y Josefina sintió pena. A fin de cuentas sólo tenía tres años, y ésa era la primera víspera de Reyes que sacaba su zapato. Josefina recordaba muy, muy bien cómo era ser la menor y tener los zapatos más pequeños y, por la emoción, comerse de golpe todos los dulces en vez de guardarlos como hacían sus hermanas. Todo eso había cambiado. Francisca y Clara se consideraban ya unas señoritas adultas, de manera que en su familia ella era la mayor de quienes sacaban su zapato: —Puedes quedarte con algunos de los míos —le dijo a Antonio—. Además necesito mi zapato, no puedo bajar hasta el río a la pata coja.

—Gracias, tía Josefina —Antonio se metió en la boca una de las confituras de Josefina y se puso a brincar por el cuarto, primero sobre una pierna y luego sobre la otra.

Su tía lo observó al tiempo que enrollaba esmeradamente la piel de carnero con las frazadas

y acomodaba su muñeca sobre el petate.

—Más vale que brinquen hasta su cuarto y se vistan presto —dijo en voz baja a sus sobrinos—; hay mucho que hacer para preparar la fiesta de esta noche—. El Día de Reyes, el último de la pascua navideña, se celebraba siempre con un gran festejo.

Clara, que estaba ya en pie, abrió la puerta y una cortante ráfaga de aire helado penetró en el dormitorio como un cuchillo. Francisca gruñó y se tapó la cabeza con la frazada: —Esta noche ha nevado, y como vuelva a nevar nos quedamos sin fiesta —dijo Clara.

Antonio dejó de brincar, y Juan preguntó:
—¿Sin fiesta?

—No se apuren —dijo Josefina que, con casi once años, no iba a dejarse desalentar por las pesimistas predicciones de Clara—. Es temprano aún; en cuanto el sol caliente se aclarará el cielo, ya verán. Y ahora váyanse —agregó, mandando a los niños al cuarto que éstos compartían con sus padres: Ana, la hija mayor del señor Montoya, y su esposo, Tomás. Después se puso una enagua más, unas medias de lana y su más cálido sarape y se encaminó hacia el río.

sarape

4

Josefina iba por agua para la casa todas las
mañanas en cuanto se levantaba. Le gustaba bajar
al río, incluso en días tan fríos como aquél, porque
cada ocasión era distinta. Esta vez, la nieve recién
caída crujía bajo sus pies. El estruendoso torrente
que la recibió se precipitaba por rocas coronadas de
nieve para perderse de vista tras un recodo. ¡Qué
cierto era el viejo dicho de que el agua es la vida! El
agua *era* vida para el rancho; sin ella nada crecería.
La corriente fluía incesante como el tiempo,
sembrando bienes a su paso.

Josefina llenó su cántaro con la glacial agua del
río, se colocó un aro de yuca trenzada sobre la cabeza,
equilibró el cántaro encima y regresó camino arriba
pensando en los deliciosos platos que se
cocinarían para la fiesta con el agua que llevaba.
Habría bizcochitos, picante guiso de chiles y
tibias empanadas de fruta. Pero lo mejor sería el
oscuro, dulce e hirviente chocolate. Los pies
de Josefina se aceleraban ante la sola idea.

El señor Montoya la esperaba en medio de
la cuesta: —¡Si es mi Josefina! —dijo, acompasando
el andar a su lado—. Creía que un gorrión venía a
mi encuentro volando loma arriba, pues se te ve

con prisa esta mañana.

—Sí, es por la fiesta —dijo Josefina.

—¡Ah! —exclamó su padre—. La tía Dolores me ha referido que vas a tocar el piano en el fandango; dice que tienes dotes para la música.

Josefina se sonrojó: —La tía es muy gentil —dijo.

—Sí lo es —confirmó el señor Montoya, y tras dar unos pasos en silencio añadió—: Antes no te hubieses atrevido a tocar en una fiesta; ¡eras tan tímida!

—Y me preocupa, papá —admitió Josefina—. Seguro que no lo haría de no ser por tía Dolores. Me enseñó la pieza que voy a tocar y hemos ensayado mucho. Es un vals. Espero que la gente esté demasiado entretenida con el baile para reparar en mis torpezas. Y sobre todo espero que tía Dolores se decida a bailar, pues aunque esté yo muy nerviosa, todo irá bien si puedo alzar la vista, mirarla e imaginar que estoy tocando sólo para ella.

—¿Sabes qué? —dijo su padre—. Le pediré a tu tía que baile el vals conmigo, ansina que no te inquietes.

—¿De verdad lo hará, papá? —preguntó Josefina.

—Prometido —afirmó el señor Montoya.

Cuando Josefina y su padre llegaron a la casa, todo el mundo iniciaba ya las tareas del día. Juan y Antonio barrían enérgicamente la nieve acumulada en el patio central. O al menos eso *pretendían*, según le pareció a Josefina, porque en realidad usaban sus escobas de paja para arrojar la nieve al aire y atrapar los copos con la lengua, inclinando la cabeza hacia atrás.

—Quizás no deberíamos permitir que retozasen ansina —dijo el señor Montoya con una sonrisa.

Josefina no quería que terminara el bello revoloteo de aquella nieve que chispeaba reflejando el primer sol de la mañana.

—¡Ay, déjalos! —exclamó jovialmente Dolores, saliendo de la cocina; llevaba un haz de leña para avivar el fuego que ardía en el horno exterior—. Ana maneja los fogones a maravilla, pero siempre estamos tropezando con esos dos chiquillos que no paran de importunar. ¡Quieren probarlo todo! ¡Han pedido galletas por lo menos veinte veces! Ana los ha echado al patio y cuanto más tiempo estén lejos, mejor.

horno

7

El señor Montoya soltó una carcajada, y el corazón de Josefina rebosó de alegría como siempre que lo oía reír. Recién muerta la madre de Josefina, había sido raro verle una sonrisa a su padre. Josefina lo recordaba bien. También ella y sus hermanas habían estado abatidas por el dolor.

Hasta que, poco más de un año antes, su tía Dolores había venido a vivir con ellos. La niña la vio riendo junto a su padre y pensó en los formidables cambios que Dolores había traído. Había enseñado a leer y escribir a sus sobrinas y las había ayudado a tejer frazadas para comerciar. Había traído su piano al rancho y enseñaba a Josefina a tocarlo. Muchas tardes, el señor Montoya tocaba su violín acompañado al piano por la tía Dolores. El rancho era un lugar distinto gracias a ella. Pero el mejor cambio para Josefina era la felicidad que con Dolores había recuperado la familia, y especialmente su padre.

—Vamos, Josefina —dijo Dolores con su habitual tono animoso—; Ana precisa el agua en la cocina.

—Voy —dijo Josefina, sonriendo para sí; *todos* en el rancho conocían el refrán favorito de su tía: el tiempo perdido los santos lo lloran.

8

La cocina era un hervidero de actividad donde nadie perdía el tiempo. Ana, que estaba al mando, preparaba empanadas. Carmen, la cocinera, revolvía el guiso que colmaba una gran olla de cobre. Dolores la ayudó a colocar la olla en unas trébedes sobre las brasas de la chimenea. Clara, con la camisa remangada, amasaba pan.

—Albricias, Josefina —dijo Ana, agarrando el cántaro de agua—. ¿Podrías ayudar a Francisca? Quiero que la masa se leude mientras rezamos maitines. El horno estará a punto no más acabe el rezo.

Clara molía maíz arrodillada en el piso. Primero echaba un puñado de granos sobre el liso metate; luego los trituraba pasando una y otra vez la mano de piedra por encima hasta obtener una harina gruesa.

—¿Sabes, Clara? —dijo Josefina, quitándose el sarape—. El cielo se ha despejado, no hay ni una nube a la vista.

Clara se encogió de hombros: —Por ahora —dijo, machacando otro puñado de maíz, pero entonces sorprendió a su hermana con una sonrisa—. No es que quiera desanimarte —aclaró—,

solamente me parece un despropósito dar rienda suelta a la esperanza; los castillos que levantas en el aire llevan al desengaño.

—No puedo evitarlo —dijo Josefina—, mis ilusiones siempre andan sueltas, me guste o no.

—Igualito que esta masa —bromeó Francisca comprimiendo la masa con los puños—; por mucho que la aplaste siempre vuelve a levantarse.

—La esperanza es una bendición —dijo Dolores.

—Ansina lo creo —añadió Ana, colocando empanadillas en un plato—. Hay que seguir siempre esforzándose y nunca perder las esperanzas. Quien

porfía mata venado.

En ese momento asomaron sus dos hijos tras la puerta: —¿Podemos comer ya un bizcochito? —suplicó Juan por enésima vez.

—¿Qué mentabas sobre los porfiados? —preguntó Josefina, provocando una súbita carcajada en todas las presentes.

Después de las oraciones de la mañana y terminado el desayuno, Josefina y Dolores llevaron al horno las hogazas amasadas. Una columna de humo se elevó hasta el cielo cuando la niña retiró la portezuela. Tía y sobrina sacaron las ascuas y restregaron bien el interior del horno. Acabada la limpieza, Dolores puso un mechón de lana en una pala de madera.

—¿Puedo hacerlo yo? —preguntó Josefina.

—Claro —contestó su tía.

Josefina agarró la pala, la metió en el horno y esperó a que la lana adquiriera un color canela tostado, señal de que el horno estaba a la temperatura adecuada para cocer el pan. Después marcó una cruz sobre cada hogaza con un dedo,

para recordar que todos los obsequios de la tierra son dones del Señor. Luego introdujo los panes en el horno y encajó la pesada portezuela de madera bajo la atenta mirada de Dolores.

—¡Buen trabajo! —exclamó ésta.

—También puedo sacarlo cuando esté horneado —dijo Josefina, alardeando un poquito.

—¡Estupendo! —dijo Dolores—. O sea que ya no me necesitas con el pan, ¿verdad? Mas tal vez sí me necesites para ensayar la pieza que vas a tocar esta noche.

— Sí, por favor —dijo Josefina; y ambas se dirigieron al salón donde se había instalado el piano para la fiesta—. ¿Le gustaría practicar los pasos del vals mientras yo ensayo? —preguntó la niña.

—No, por cierto —contestó Dolores riendo—. Eso no es menester porque pienso quedarme sentada junto a ti mientras tocas.

Josefina se detuvo y miró seriamente a su tía: —¡Pero, tía, si papá tiene pensamiento de sacarla a bailar! Eso me ha referido. A buen seguro no querrá usted darle un chasco.

Dolores deslizó un brazo sobre los hombros de

Introdujo los panes en el horno bajo la atenta mirada de Dolores.

Josefina: —No —respondió con igual seriedad—. Jamás querría defraudar a tu padre.

Josefina estaba convencida de que nunca había habido una noche más hermosa para una fiesta. El inmenso firmamento negro aparecía salpicado de estrellas, y el campo nevado arrojaba destellos de plata a la luz de la luna. Una fila de lumbres iluminaba en el patio central el camino hasta el salón, una estancia magnífica reservada para ocasiones especiales como aquélla.

Dentro, la luz de las velas realzaba los brillantes colores en los vestidos de las mujeres y centelleaba en los botones de los trajes de los hombres. Josefina y Clara eran demasiado jóvenes para bailar, pero podían contemplar el espectáculo sentadas en el piso. Francisca pasó bamboleándose con su pareja, y Ana les agitó alegremente la mano mientras bailaba con Tomás. La corpulenta señora Sánchez, la amable señora López o el solemne y canoso señor García surgían aquí y allá bailando con sus parejas. Josefina conocía bien a los invitados, todos ellos amigos de la

aldea o de los ranchos próximos, a quienes trataba desde muy chica. Pero aquellas caras tan familiares resultaban en cierto modo distintas esa noche. Tal vez el suave fulgor de las velas o la magia de la alegría hiciera que las mujeres lucieran más lindas y los hombres parecieran más apuestos.

Al poco rato, Clara le dio un codazo a su hermana: —Es hora de tocar tu vals.

Josefina se alzó, se alisó la falda y se arregló la cinta del pelo.

—Estás muy guapa —le dijo Clara, poniéndose también en pie—. Vamos, te acompañaré —agregó afectuosamente.

Cuando las dos hermanas atravesaron el abarrotado salón, Josefina vio complacida que Francisca y Ana la esperaban junto al piano. Ambas le dirigieron una alentadora sonrisa mientras tomaba asiento.

Josefina nunca había tocado frente a un público tan numeroso. Las manos le temblaban hasta que vio a su padre haciendo una reverencia y tendiéndole la mano a la tía Dolores. La niña empezó entonces a tocar, y Dolores a bailar con el señor Montoya. A Josefina siempre le había gustado la rítmica cadencia

del vals —*un, dos, tres; un, dos, tres*—, y esa noche la
melodía serpeaba por el aire formando ondas y
remolinos cada vez más airosos. En ningún
momento desvió la vista de su padre y su tía, que
daban vueltas y más vueltas sin descanso. Era como
si los demás danzantes se hubieran desvanecido.
Dolores se movía con tal ligereza en brazos del señor
Montoya que ambos parecían pájaros arrastrados
por el torbellino de la música. Giraban y giraban
llevados por la danza.

*Papá y tía Dolores se quieren; están hechos el uno
para el otro*, pensó Josefina. Su corazón no la
engañaba. Ana, Francisca y Clara también
observaban la escena. Josefina adivinó que tenían el
mismo pensamiento y deseaban tanto como ella que
el baile no acabara jamás.

AGUANIEVE

El mal tiempo anunciado por Clara llegó bramando al día siguiente. El cielo amaneció encapotado, oscuro y gris. El aguanieve repiqueteaba con estrépito sobre el techo del salón que Dolores y sus sobrinas limpiaban antes de clausurarlo hasta una nueva fiesta. El día era triste, pero a Josefina le bastaba con cerrar los ojos para imaginar el radiante salón a la luz de las velas. Mientras barría, tarareaba el vals de la noche anterior.

El señor Montoya se presentó con dos criados para trasladar la mesa y las sillas a sus lugares habituales y llevar el piano a la sala familiar.

—¡Qué fiesta más deliciosa! —suspiró Josefina,

mirando el piano.

—Yo pensaba que los fandangos no valían el empeño —dijo Clara con un buen humor poco usual en ella—. ¡Cuánto trabajo para prepararlo todo y luego cuánta basura que limpiar! Mas el de anoche sí mereció la pena.

—Y ya verás cuando puedas bailar —dijo Francisca meciéndose en torno a su escoba—; entonces te gustarán tanto como a mí.

—Antes solía abrumarme cuando aprestaba una fiesta, pero tía Dolores me ha enseñado a disfrutar con ello —dijo Ana—. Ahora es un deleite cocinar para nuestros amigos.

—Hiciste una gran labor —le dijo Dolores—; todas cumplieron —añadió mirando a sus sobrinas; Josefina advirtió una cierta palidez en su rostro, como si no hubiera dormido bien la noche anterior —. Estoy orgullosa de ustedes.

El señor Montoya intervino entonces: —En efecto, merced a sus labores recordaremos siempre complacidos este fandango.

—Gracias, papá —dijeron con regocijo las hermanas; oír tales elogios era sin duda placentero.

Todas retomaron alborozadamente sus escobas,

excepto Dolores: —¿Recuerdan que cuando vine les dije que permanecería aquí mientras precisaran de mí? —sus sobrinas dejaron de barrer y la observaron expectantes—. Pues bien, han aprendido a coser, a tejer y a hacer todas las faenas de la casa como es debido; incluso han preparado un fandango a maravilla; salta a la vista que ya no me necesitan como antes de... de manera que... he escrito a mis padres para pedirles que vengan por mí. Vuelvo a casa.

El silencio era absoluto. Las cuatro hermanas estaban paralizadas por el asombro. Josefina tuvo la sensación de que una gota helada se deslizaba por su espalda: —¡Pero si *ésta* es su casa! —estalló de pronto—. ¡Pensábamos que estaba contenta con nosotros!

—Y lo estoy —dijo Dolores; después se enderezó y habló firmemente, como si hubiera tomado su resolución tras una larga pugna consigo misma—; mas ha llegado la hora de partir.

Josefina miró a su padre, que parecía tan conmocionado como ella. Él ciertamente diría algo. Pero el señor Montoya se limitó a agachar la cabeza. Cuando la levantó tenía una expresión serena y

grave. Luego se fue sin emitir palabra.

Dolores lo contempló y, agarrando la escoba, volvió al trabajo. Pero las cuatro hermanas seguían con los ojos clavados en su padre, como si solamente él pudiera contestar una pregunta importantísima para ellas.

Cuanto más lo pensaba, más se enfurecía Josefina. ¡Jactarse de saber hornear el pan! ¡Presumir tocando el piano! *No era extraño que tía Dolores se sintiera innecesaria*, pensó la niña. El aguanieve había cesado, pero aún soplaba un viento frío cuando la niña se dirigió al corral de las cabras para ver a Sombrita: —Yo sabré arreglarlo —le dijo a la chiva mientras ésta mordisqueaba los flecos de su sarape—. Mañana empiezo.

Lo curioso fue que sus hermanas parecían haber ideado lo mismo. Al día siguiente, Francisca derramó el té durante el desayuno haciendo un manchón en la faja de Clara, que llevaba puesta en lugar de la suya. Josefina estaba segura de que lo había hecho a propósito. Clara y Francisca intercambiaron andanadas sobre el asunto, riñendo

como hacían antes de que la tía Dolores las enseñara a comportarse. Clara rara vez cometía errores, pero en el telar enredó la lana de tal modo que fue preciso destejer cuatro hileras. La cena fue un desastre porque, inexplicablemente, Ana se olvidó de condimentar la salsa. Josefina no dejó de meter la pata en todo el día. Quemó unas tortillas que preparaba, se le cayó una cesta a un charco, olvidó parte de un rezo, se sentó sobre su mejor sombrero y no acertó una nota al piano.

Esa tarde, Dolores y sus sobrinas se reunieron frente a la chimenea de la sala, sin el señor Montoya. Su violín yacía abandonado sobre el piano. El verano anterior, tres de las hermanas lo habían adquirido a cambio de unas frazadas que habían tejido, para regalárselo a su padre. Su antiguo dueño era un comerciante americano llamado Patrick O'Toole. *Papá podría muy bien devolver el violín, porque sin tía Dolores no va a gustar de tocarlo,* pensó Josefina suspirando.

Todas se mantuvieron calladas hasta que Clara dejó caer un ovillo de hilaza. Ana se inclinó con ella a recogerlo y sus cabezas chocaron. Ana dio un

respingo hacia atrás golpeando el codo de Francisca, que se pinchó un dedo con la aguja de coser. Su grito sobresaltó a Josefina quien, a su vez, emborronó de tinta el papel en el que escribía.

Dolores las miró: —No se me escapa lo que traman; están trastornando las cosas adrede para aparentar que aún me precisan, pero no se saldrán con la suya. Y más vale que paren no vaya a ser que una de ustedes prenda fuego a sus faldas —Dolores se rió y sus sobrinas no tuvieron otro remedio que reír con ella.

—Pero si *en verdad* la necesitamos, tía —dijo Clara; Josefina agradecía en muchas ocasiones la franqueza de su hermana.

—Sí, y no ya como maestra sino como parte de la familia —agregó Francisca.

—Cuando murió mamá quedamos afligidas, desoladas, y con usted hemos recobrado la alegría —dijo Ana en su dulce tono de siempre.

—La necesitamos a usted, tía Dolores, porque la queremos —dijo Josefina.

Dolores había dejado de reír: —Dios las bendiga, y sepan que yo también las quiero; eso no va a cambiar. Pero ustedes se han recuperado casi

completamente del dolor que les causó la muerte de mi hermana, que Dios la tenga en Su gloria. Y su padre también se ha recuperado. Es tiempo de que vuelva a casarse, de que entregue su corazón a otra mujer, y me temo que yo sería un estorbo aquí. Por ello he de marcharme, por ello *quiero* marcharme.

—Pero, tía Dolores —dijo Josefina—, si papá... —Ana la interrumpió apretándole el brazo; todas sabían que hubiera sido indiscreto acabar aquella frase, decirle a Dolores "papá la quiere *a usted*". Los niños no debían decir tales cosas a los adultos.

—Aparte yo he de emprender una nueva vida en Santa Fe, y cuanto antes mejor —añadió Dolores con el vigor que la caracterizaba.

Ninguna de las cuatro hermanas se atrevió a levantar la vista. Nada podían ya decirle a su tía Dolores.

Josefina, Francisca y Clara, sin embargo, tenían mucho que hablar cuando se retiraron al dormitorio.

—Tal vez el mal tiempo impida que la carta de tía Dolores llegue a Santa Fe —dijo Josefina, escuchando el ulular del viento tras la puerta—.

Entonces los abuelos no vendrían en su busca.

—No seas tan boba. Tarde o temprano se irá —dijo Clara—. ¿Acaso no has oído que *quiere* marcharse?

Para Clara todo era blanco o negro, tan nítido como un paisaje invernal de nieve y árboles desnudos, pero Josefina veía matices de color hasta en el horizonte más tenebroso.

—No es tan sencillo —replicó Josefina—. No creo que tía Dolores desee de veras marcharse, se me hace que nos quiere, y que... —la niña tragó saliva y se atrevió a continuar— ...y que ama a papá. Él también la ama, pero ella no lo sabe.

—¡Justo! —exclamó Francisca, suspirando teatralmente—. ¿No es horrible amar a alguien y creer que esa persona no te corresponde? Es natural que tía Dolores quiera irse, se le ha de partir el alma cada vez que ve a papá.

—¡Dios Santo, qué disparate! —gruñó Clara—. Tía Dolores no es tan mentecata.

Josefina intervino entonces con mucho aplomo: —Tía Dolores se quedaría si papá...

—Le pidiera la mano —concluyeron a coro las tres hermanas.

—Sí —dijo Josefina—, y lo cierto es que desde hace largo tiempo he deseado que lo hiciera.

—Sería sin duda una elección muy apropiada, y muy práctica además —dijo Clara pausadamente.

Las hermanas sabían que no era raro que un viudo se casara con la hermana de la esposa muerta, pues las familias ya estaban relacionadas y de ese modo las propiedades permanecían unidas.

—Si determinan casarse, deberían hacerlo al punto —añadió Clara—. Ya no son mozos y además siempre es preferible celebrar las bodas en invierno para que no interrumpan la siembra o la cosecha.

—¡Ay, Clara! ¿Cómo puedes ser tan insensible? —exclamó Francisca—. Olvidas los maravillosos pasos por los que hay que pasar durante el cortejo. Primero, papá ha de escribir al abuelo pidiéndole la mano de su hija; después el abuelo ha de preguntar a tía Dolores si acepta la proposición de matrimonio, y si la rechaza, tía Dolores debe darle una calabaza a papá...

—No habrá calabaza en esta ocasión, tenlo por seguro —la interrumpió Josefina.

—Y no olviden la fiesta de pedida —Francisca siguió parloteando—, ni las arras con que el novio

agasaja a la novia, ni...

—¡Basta! —intervino Clara—. Hay algo que ustedes han olvidado: en todo este asunto *nosotras* no podemos hacer *nada*.

Josefina se negaba a ceder: —Pues ha de haber *algo* —afirmó.

—Los niños no deben entrometerse en estas cuestiones —dijo Clara de forma tajante—. Sería inoportuno que hablásemos de ello con papá o con tía Dolores.

Clara tenía razón, como siempre, pero eso no detenía a Josefina. Después de pensar un rato, agregó: —Sé de alguien que podría socorrernos.

—¿Quién? —preguntaron sus hermanas.

—Tía Magdalena —dijo Josefina; Magdalena, la hermana del señor Montoya, era una curandera muy respetada en la aldea. También era la madrina de Josefina, por quien sentía un afecto especial.

—¿Cuándo? —preguntó Clara.

—Estoy cierta de que vendrá cuando nos visiten los abuelos —dijo Josefina—. Le pediremos que platique con papá. ¡Sí! Ahora me alegro de que vengan los abuelos porque ansina todo sucederá antes.

Francisca y Clara echaron la cabeza atrás y estallaron en una carcajada.

—¿De qué se ríen? —preguntó Josefina.

—De ti —contestaron sus hermanas.

—Sabes hallar dulzor en lo amargo y calor en el frío —dijo Clara.

—Suavidad en lo áspero y luz en la oscuridad —agregó Francisca—.

—¡Siempre! —exclamaron las dos.

A Josefina no le importaban las burlas de sus hermanas. Era evidente que ahora también ellas esperaban ansiosas la llegada de los abuelos.

No tuvieron que esperar mucho. Los abuelos llegaron de Santa Fe pocos días después y, como Josefina había supuesto, la tía Magdalena acudió esa misma tarde para verlos.

Josefina buscó la oportunidad de hablar a solas con su tía Magdalena antes o después de la cena, pero en todo momento estuvieron rodeadas por la familia, y no hubiera sido correcto que una niña llamara aparte a un adulto para conversar en privado. Josefina sólo podía mirar, escuchar y

esperar sentada a que se presentara la ocasión adecuada. Y la espera no era fácil, porque ardía de secreta impaciencia.

Juan y Antonio también estaban agitados. Les encantaba ver a sus bisabuelos y manifestaron abiertamente su felicidad danzando y brincando por la sala hasta que la abuela puso a Antonio en su regazo y sentó a Juan a su lado.

—Son los niños más preciosos de Nuevo México —le dijo a Ana—. A fe mía que deberían educarse con los curas de Santa Fe. Juan ya está en edad y Antonio lo estará presto.

—Cierto —confirmó el abuelo—; es menester que los chicos no se queden atrás porque el mundo está cambiando aprisa.

—Y no son buenos todos los cambios —continuó la abuela—. ¡Ahora nos invaden los comerciantes americanos con sus modales y sus costumbres, y con esa jerigonza que nadie entiende! La mayoría ni siquiera practica la sagrada fe católica —añadió con disgusto—. Temo que nuestras más valiosas creencias se van a perder si no hacemos cuanto esté de nuestra mano para enseñárselas a nuestro hijos.

—¡Pero mujer, no todos los americanos son tan

bellacos! —exclamó el abuelo—. ¿No te parece?
—preguntó, volviéndose al señor Montoya.

Éste asintió: —Patrick O'Toole es un joven cabal;
tengo idea de seguir feriando mulas y frazadas con
los americanos por su medio. Es un hombre de bien
y me placerá verlo cuando pase por aquí de regreso
a Missouri.

El abuelo se inclinó: —Entonces estarás
interesado en estas nuevas. El señor O'Toole me ha
propuesto unirme a su caravana y acompañarlo a
Missouri. Y yo he aceptado —don Felipe prosiguió
con gesto satisfecho ante la estupefacción de todos—.
Recorreremos el Camino de Santa Fe hasta Franklin,
en Missouri,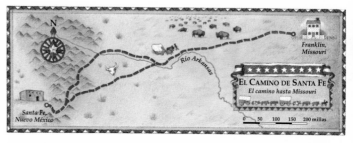
y allí tomaré
un vapor
hasta San
Luis. Llevaré
mercancías y
aprestaré el envío a casa de los productos que haya
mercado. ¡Qué gran aventura! Se me hace que
después de todo no soy tan viejo.

—Dios lo tenga de su mano —dijo Magdalena,
que había estado escuchando en silencio.

Josefina trataba de imaginar cómo sería un barco de vapor cuando las palabras que su sonriente abuelo dirigió a Dolores le helaron el corazón: —Querida hija, te debo mi gratitud, pues pensaba rehusar la invitación para no dejar sola a tu madre tantos meses, mas al averiguar por tu carta que retornarías con nosotros decidí acometer el viaje. En tú viniendo a casa, yo puedo ir a Missouri con los americanos.

¡No por Dios, es espantoso!, pensó Josefina.

Pero la cosa fue de mal en peor: —También yo celebré tu carta —le dijo la abuela a Dolores—. Tu padre y yo hemos esperado mucho tiempo que regresaras a Santa Fe. ¡Cuánto nos alivia saber que nos asistirás en la vejez!

—Me complace serles útil —murmuró Dolores.

¡Útil!, la palabra sonó como un portazo en los oídos de Josefina. Francisca y Clara cruzaron con ella miradas de congoja. ¿Cómo podía su padre pedir *ahora* la mano de Dolores? Ese gesto habría lastimado a los abuelos. Dolores, además, hubiera rechazado la proposición. Por encima de todo se debía a sus padres, y era inconcebible que no cumpliera con su obligación.

No pudiendo soportar más aquella charla, Josefina se deslizó calladamente hasta el frío patio y corrió a refugiarse en su dormitorio. Las sombras del atardecer inundaban el cuarto. La niña se acurrucó en el piso abrazada a sus rodillas.

Pasados unos minutos de soledad, alguien penetró en la oscura habitación: —¿Josefina?

Era su tía Magdalena. Josefina se irguió de un salto, bajó la cabeza y se mantuvo en la respetuosa actitud que los niños adoptaban en presencia de adultos.

Magdalena se sentó en el banco y le indicó a su sobrina que se sentara junto a ella: —Toda la tarde he tenido la impresión de que querías pedirme algo —le dijo.

—Sí, tía —dijo Josefina—. Sí, mas... mas ya no es preciso, discúlpeme.

—Comprendo —dijo Magdalena, pero en lugar de marcharse añadió—: He invitado a tu tía Dolores a pasar unos días conmigo en la aldea. Le he cobrado cariño y correrá mucho, mucho tiempo antes de que vuelva a verla: Santa Fe está muy lejos a mi edad. En fin, *todos* la vamos a añorar cuando parta, ¿verdad?

Josefina no pudo contenerse: —¡Ay, madrina, sería terrible que tía Dolores partiera, sería como cuando murió mamá, cuando vivíamos con tanto pesar, con...

La niña titubeó y Magdalena terminó cariñosamente la frase: — ...con el corazón desgarrado.

—¡Sí! —exclamó la niña sin vacilar—. Tía Dolores ha de quedarse. ¡Ésta es su casa! Pensaba pedirle a usted que platicara con papá para que él... para que él solucionara el embrollo —Josefina sacudió la cabeza—. Mas los abuelos precisan ahora de tía Dolores. Ella *debe* marcharse y nada puede hacerse ya.

—¡Querida niña! —dijo Magdalena—. Me temo que estás en lo cierto, y las curanderas no tenemos remedio para esos trances.

Por el estrecho ventanuco del dormitorio se veía una ranura de cielo del anochecer. Josefina suspiró. Sólo podía ver una estrella, un diminuto pellizco de luz brillando en la lejanía: —Con todo el corazón quiero que se quede —susurró.

—Toma —dijo Magdalena, agarrando las manos de Josefina y poniendo en ellas algo tan delicado y

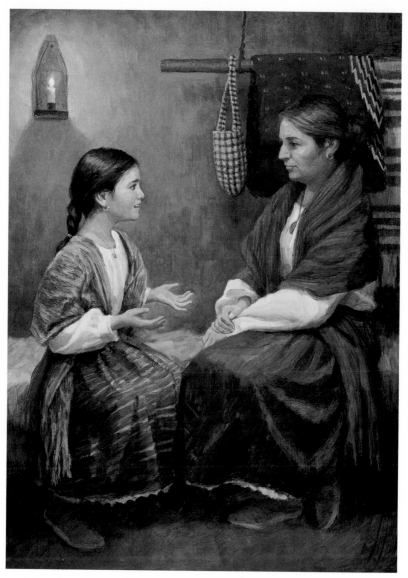

Tía Dolores ha de quedarse. ¡Ésta es su casa!

fresco como una gota de agua.

Había oscurecido y Josefina tuvo que acercarse aquel objeto a los ojos para ver qué era. Se trataba de un *milagro*, una medallita que encarnaba un ruego o una esperanza. Quien pedía auxilio a un santo colgaba la medallita en la capilla donde se veneraba su imagen. Si le rogaba que apareciera una oveja extraviada, empleaba la figura de una oveja. Si le rogaba que sanase un pie herido, empleaba un milagro en forma de pie.

—Quiero que guardes este milagro —dijo Magdalena—. Te recordará que has de rezar por la felicidad de tu familia, por que se alivien los sufrimientos que padeces. Y tal vez te ayude a no perder la esperanza puesta en los deseos de tu corazón.

—Gracias, tía —dijo Josefina, mirando el milagro. Magdalena le había dado una figura de corazón.

CAPÍTULO

TRES

EL PLAN DE JOSEFINA

Al amanecer del día siguiente, Dolores se marchó a la casa de Magdalena, que vivía en la aldea, como a una milla de distancia. Era una mañana helada y gris. Las ramas de los árboles, cubiertas de dura escarcha, tintineaban al chocar batidas por el viento.

Todo ese día, y aunque las tareas se sucedían sin contratiempos, Josefina pensó que el rancho estaba embrujado por un maleficio, por una fría y lúgubre melancolía. Nadie derramó té o estropeó la labor en el telar o quemó tortillas. La cena fue bien cocinada y puntualmente servida. Josefina no cometió ni un error al piano... Sin embargo, había algo anormal en la música. Faltaba alegría en aquellas notas

estridentes. ¡Pero qué importaba ensayar si, de todos modos, el piano acabaría partiendo con la tía Dolores! En realidad, nada parecía importar demasiado.

Ansina viviremos cuando la tía nos abandone, pensaba Josefina con tristeza. Llevaba su milagro colgado al cuello y a cada paso notaba en el pecho el fresco roce del pequeño corazón. Agradecía aquel consuelo. Era como si una tierna voz le dijera: *Tal vez quede una esperanza. Tal vez haya una manera de lograr que tía Dolores se quede. Tal vez mañana se te ocurra algo...*

Pero al siguiente día Josefina se sintió tan sombría como el tiempo. Los nevados picos de la sierra afloraban por encima de grises nubarrones. Todo el mundo parecía infeliz, salvo los abuelos. Don Felipe platicaba con Tomás, el marido de Ana, sobre el arado que éste había adquirido de los comerciantes americanos y sobre el nuevo sistema de acequias que el joven había cavado con el señor Montoya para regar los campos de labranza.

—Este Tomás es un mozo bien

arado   avispado —le dijo don Felipe más tarde a su esposa—. No recela de los cambios y en verano se dio buena maña gobernando el rancho mientras el resto

de la familia estaba en Santa Fe. Ojalá contase con un caporal tan diestro para sustituirme cuando viajo.

Ya en la sala, Josefina y su abuela hacían juegos de palmadas con Juan y Antonio. La abuela miró a su esposo sonriendo: —Pues la agudeza parece que es cosa de familia. Jamás vi niños más despabilados que estos chicos —dijo entre suspiros—. ¡Almas benditas! ¡Cuánto los voy a añorar cuando me vaya! ¡Quién pudiera verlos crecer!

El cerebro de Josefina pareció revivir en ese instante. Una idea empezaba a tomar cuerpo en su mente. Durante el resto del día caviló sobre ella, y esa noche se la planteó a Clara y Francisca cuando se disponían a acostarse. Ambas, sin embargo, suspiraron incrédulas al oír el plan.

Pero Josefina estaba decidida: —Por lo menos hemos de *intentarlo* —les dijo.

A la mañana siguiente le expusieron su plan a Ana. Ésta habló entonces con Tomás, y después las hermanas fueron en busca de su padre.

Cuando sus hijas entraron en la sala, el señor Montoya contemplaba absorto el fuego de la chimenea con una pluma en la mano y el libro de cuentas de Dolores abierto frente a él. Las cuatro

*En la sala, Josefina y su abuela hacían juegos de palmadas con
Juan y Antonio.*

juntaron las manos y agacharon la cabeza a la espera de que su padre les prestara atención.

El señor Montoya se volvió por fin: —¿Y bien?

—Querríamos platicar con usted, papá, si nos da la venia —dijo Ana.

—Bien —repitió su padre.

Clara, Francisca y Josefina apremiaron a la vacilante Ana con un ligero movimiento de cabeza: —¿Nos haría la merced de considerar la propuesta que traemos? —dijo Ana respetuosamente—. ¿Cree usted posible que Tomás, mis hijos y yo vayamos a Santa Fe con los abuelos? —prosiguió tras una pausa—. Tomás se haría cargo del rancho mientras el abuelo viaja a Missouri —su padre había vuelto a clavar la vista en el fuego—. Yo atendería a la abuela y me ocuparía con ella de la casa. Juan podría ir a la escuela de los curas y Antonio... bueno, él sería feliz junto a su bisabuela, que lo adora.

cura

—¿Es tuya esta idea, Ana? —le preguntó el señor Montoya.

—No —contestó Ana.

—Fue idea de Josefina —añadió Clara.

El señor Montoya se cruzó de brazos y miró a

Josefina. Después se dirigió a Ana:

—¿Es eso lo que tú y Tomás desean?

—Sí, papá —respondió Ana—. Nos apenará dejar el rancho, mas será un paso adelante para Tomás y nuestra familia. Se me hace que también sería bueno para los abuelos, y así mismo para usted y mis hermanas porque...

—Porque ansina tía Dolores se quedaría aquí —concluyó Josefina.

La cara del señor Montoya se ablandó:

—Convengo en que la resolución sería de beneficio para casi todos —dijo con voz afable—, pero habría un problema: Dolores nos ha referido que quiere dejar el rancho y vivir en Santa Fe. Si tú, Ana, vas en su lugar, ella pensará que la precisamos aquí al mando de la casa, y tengo para mí que siempre, toda su vida, ha estado donde la requerían y no donde ella deseaba.

—¡Si se ve a la legua que ella no quiere ir a Santa Fe! —dejó escapar Josefina—. No más piensa que *ha* de hacerlo, que es su obligación, pero usted la convencería, papá, si... —la niña no llegó a decir "si le propusiera matrimonio", aunque eso entrañaban sus palabras.

—¡Ay, hijita, tienes mucha fe en mi aptitud para

hacer cambiar de opinión a Dolores! —exclamó su padre, sonriendo.

—Por favor, papá —suplicó Ana—. ¿Podría a lo menos estudiar la idea y considerar si acaso conviene consultar con los abuelos? Tal vez tengan una opinión sobre ello.

—Lo pensaré, tienen mi palabra —contestó el señor Montoya.

—Gracias, papá —dijeron sus hijas antes de abandonar rápidamente la sala.

—No me parece que la cosa haya ido demasiado bien —comentó Clara.

—Ha *dicho* que consideraría el plan —dijo Ana.

—Pero ha de hacer algo más —dijo Francisca—. Ha de pedir a los abuelos la mano de tía Dolores, porque de lo contrario ella no se quedaría.

—Pues más vale que se apresure —dijo Clara—. Tía Dolores puede regresar en cualquier momento y no bien llegue se irá a Santa Fe con los abuelos.

—Ojalá papá se decida —dijo Francisca.

—Lo hará, sé que lo hará —dijo Josefina.

Sus hermanas no pudieron evitar una sonrisa.

—No le pongas mucho corazón, Josefina, quizá no sea posible —dijo Ana cariñosamente.

—Ya es demasiado tarde —replicó alegremente la niña, acariciando su milagro—. Le he puesto todo mi corazón desde hace largo tiempo.

Esa misma noche, cuando la familia estaba reunida frente a la chimenea, el señor Montoya entregó al abuelo un papel doblado. Francisca pellizcó a Josefina para que ésta alzara la vista. Josefina jaló a Clara de la falda, y Clara alertó a Ana de un codazo. Las cuatro hermanas oyeron expectantes la pregunta que formuló su padre:

—¿Me haría la merced de leer esto, don Felipe?

—Por supuesto —respondió éste, y los abuelos abandonaron la sala con el señor Montoya.

—¿Han visto? —preguntó Josefina con alegría—. Papá acaba de presentar su petición de mano.

—Nada de eso —dijo Clara—. En la carta sólo sugiere la idea de que Ana y Tomás vayan a Santa Fe.

Desde luego no había forma alguna de saber quién tenía razón, pero Josefina estaba segura de haber acertado, en especial cuando, a la mañana siguiente, ella y Clara vieron que sus abuelos se encaminaban hacia la aldea.

—¡Ay! ¡Los abuelos van a preguntarle a tía Dolores si acepta la proposición de papá! —exclamó Josefina, abrazando entusiasmada a Clara.

—No —dijo su hermana—. Sólo van a pedirle su parecer sobre tu idea. Si ella desea ir a Santa Fe, Tomás y Ana se quedarán aquí.

Era un día borrascoso, con todo el cielo pintado de un blanco apagado, casi fantasmal, como si las nubes cargadas de nieve aguardaran la hora de rebosar. Las cuatro muchachas también aguardaban el regreso de sus abuelos.

Josefina inventó mil pretextos para salir de la casa a vigilar el camino por si finalmente aparecían: —¿Dónde se habrán metido? —se quejaba a sus hermanas.

Estaban en la cocina preparando el almuerzo. De un palo colgado junto al hogar pendían ristras de ajos, chiles y calabacitas secas. Josefina dio un golpecito a la percha para que las hortalizas se menearan con la nerviosa impaciencia que ella sentía: —¿Por qué se retrasan tanto? Tía Dolores sólo tiene que dar el sí... o el no.

—Si trataran de bodas, que *no* es el caso —dijo Clara.

Ana procuró calmar los ánimos: —Los abuelos tienen en la aldea muchos amigos que habrán acudido de visita a casa de tía Magdalena —dijo—, y me malicio que el abuelo les ha mentado lo de su viaje a Missouri con los americanos. A buen seguro los ha dejado pasmados y ahora andan de cháchara.

—¡Se acabó! —estalló Josefina—. Un minuto más y corro a la aldea para ver yo misma qué sucede.

—¡Por el amor de Dios! —soltó Clara en tono escandalizado—. No puedes hacer eso, el asunto no te atañe, y recuerda que los niños no deben entrometerse en tales cosas.

Francisca arqueó las cejas mirando a Josefina con gesto sonriente. Por mucho que se esforzara en ocultarlo, era evidente que Clara estaba tan ansiosa como ellas.

Los abuelos regresaron de la aldea justo a tiempo para los rezos de la tarde. Terminadas las oraciones, todos se encaminaron al patio, y allí don Felipe le habló al señor Montoya: —¡Vaya sorpresa con Dolores! —las cuatro hermanas apenas respiraban para no perderse palabra—. Hemos examinado la propuesta de que Ana y Tomás vayan a Santa Fe en su lugar...

"¿No te lo dije?", preguntó la mirada que Clara envió a Josefina.

A Josefina se le cayó el alma a los pies. Clara estaba en lo cierto: la carta no era una petición de mano. *¡Ay, papá!*, pensó la niña, decepcionada.

Pero el desencanto se convirtió en horror y desconcierto cuando el abuelo continuó: —Dolores piensa que Francisca, Clara y Josefina son perfectamente capaces de gobernar la casa sin su ayuda o la de Ana, y dice que para ella es tiempo de regresar a Santa Fe, de modo que viene con nosotros aunque Tomás y Ana también se determinen a marchar. Mañana empacaremos sus pertenencias y al otro día partiremos.

—De acuerdo —dijo el señor Montoya con voz grave y serena.

¡No, no!, hubiera gritado Josefina. ¿Se iban *las dos*? ¿Ana y tía Dolores? ¿Quién podría haber previsto algo así? ¿Cómo era posible que su plan hubiera resultado en aquella catástrofe? El llanto afloró a los ojos de la desconsolada niña. De un brusco tirón rompió el hilo que le rodeaba el cuello y se alejó de allí, arrojando el milagro al fangoso suelo.

CORAZÓN Y ESPERANZA

Tras la muerte de su madre, Josefina creyó que el mundo debía detenerse. Parecía injusto seguir con las faenas diarias como si nada hubiera cambiado. Pero con el tiempo fue aprendiendo que el trabajo era un consuelo en tiempos de aflicción. Era reconfortante llevar a cabo tareas tan simples como cocinar, lavar o barrer, tareas que exigían manos pero no corazón.

Eso mismo sintió a la mañana siguiente. Se alegraba de ir por agua al río, atravesando campos helados, y de que el cántaro lleno pesara al subir la empinada cuesta, y de que su corazón palpitara por el agotador esfuerzo, pues de otro modo, pensaba, la pena la habría marchitado. Cuando murió su madre,

Josefina creyó que nunca volvería a sentir un dolor igual. Ahora sabía que estaba equivocada.

Su padre salió a esperarla en medio de la pendiente, como había hecho la mañana de la fiesta. Pero esta vez caminaron en silencio. Casi habían alcanzado la casa cuando el señor Montoya se paró y, sacándose algo del bolsillo, le preguntó a su hija: —Anoche hallé esto en el patio. ¿Es tuyo?

Josefina dejó el cántaro en el suelo y observó el embarrado objeto que se balanceaba delante de ella. Era el milagro. Josefina arrugó el ceño: —Era mío —dijo—, pero ya no lo quiero.

El señor Montoya agarró el corazón y lo limpió de barro con un dedo: —No hay nada más difícil que darle a alguien un corazón que no quiere. ¿Me dices por qué no quieres éste? —preguntó despacio.

—Me lo dio tía Magdalena —explicó Josefina—. Según ella me haría rezar por la dicha de la familia, por el alivio de nuestros sufrimientos y... —la niña suspiró al recordar— me ayudaría a no perder la esperanza de que se cumplan los deseos de mi corazón.

—Entiendo —dijo su padre cuando el primer rayo de sol lograba despuntar entre dos nubes sobre

las cumbres de la sierra; el señor Montoya ladeó su mano para que la luz brillara por un instante en el milagro—. Sé cuál era el deseo que albergaba tu corazón —Josefina notó que con esas palabras su padre trataba de consolarla—. Cuando tú y tus hermanas vinieron a mí con su idea, advertí enseguida lo que maquinaban. Querían inducirme a pedir la mano de Dolores para que ella permanezca con nosotros. Eso las haría felices, y también a mí me complacería.

Josefina miró a su padre con ojos interrogantes, pero él tenía la vista perdida en las altas montañas.

—La cruda verdad, sin embargo, es que no siempre podemos tener lo que deseamos en la vida —añadió el señor Montoya—. Dolores nos ha comunicado que quiere marcharse y nosotros no hemos de impedirlo. A la persona amada, *especialmente* a la persona amada, debemos dejarla partir si eso quiere. Los deseos de su corazón han de estar por encima de los nuestros. ¿Lo comprendes? —preguntó suavemente, volviéndose hacia su hija—. ¿Todos queremos que Dolores sea feliz, ¿no?

—¡Pero, papá, tía Dolores no quiere marcharse! —exclamó angustiada Josefina—. Piensa que *debe*

hacerlo por el bien de *usted*. Nos dijo que ya era tiempo de que usted entregara su corazón a otra mujer y que ella era un estorbo —la niña reunió entonces toda su ilusión y su fuerza de voluntad para hablar con franqueza—. ¿Es que no se da cuenta? Tía Dolores lo ama a usted. Por eso *no puede* quedarse, porque piensa que usted no la corresponde.

El señor Montoya sacudió la cabeza apartando la mirada de su hija.

No sirve de nada, pensó Josefina. Se colocó el cántaro sobre la cabeza y empezó a caminar hacia la casa.

—¡Josefina! —gritó el señor Montoya desde atrás—. ¿No quieres tu milagro?

La niña se volvió. El corazón parecía muy, muy pequeño en la mano de su padre: —No, papá, gracias. Ahora es suyo.

Josefina no vio de nuevo a su padre hasta la hora del almuerzo.

—Josefina —dijo el señor Montoya—. Tus abuelos van esta tarde a la aldea en busca de Dolores.

¿Es que no se da cuenta? Tía Dolores lo ama a usted. Por eso no puede
quedarse, porque piensa que usted no la corresponde.

Quiero que los acompañes para ayudarlos.

—Sí, papá —respondió la niña, a pesar de que no había para ella caminata más odiosa. Tenía pocas ganas de contribuir con su ayuda a la marcha de su tía Dolores.

Josefina se puso en camino con sus abuelos bajo un pálido sol que no conseguía calentar el aire. La nariz le dolía. En la boca notaba el agrio sabor del frío. Los ojos se le empañaban hostigados por el feroz viento, de modo que agachó la cabeza y se bajó el ala del sombrero.

—¡Brrr! —tiritaba el abuelo—. Este viento me traspasa; tengo las manos agarrotadas de frío. Anda, llévame este papel en tu bolsa, niña mía —dijo, echando una ojeada a su nieta.

Don Felipe le dio a Josefina una hoja doblada y ella se la metió en la bolsa de cuero que colgaba de su cuello: —Gracias —añadió el abuelo frotándose las manos para calentarlas—; no sabes cómo gozaré en casa de Magdalena frente a la lumbre.

Para *todos* fue un gozo llegar por fin a la acogedora casa de Magdalena. Un brioso fuego

crepitaba en la chimenea, y una nube de vapor
se elevaba desde una gran olla. Dolores sonrió a
Josefina, y Magdalena condujo a la abuela junto a
la hoguera: —Venga, póngase cómoda; enseguida
le serviré un té.

—Gracias, eres muy amable —dijo la abuela.

Una vez acomodados, don Felipe le dijo a su
nieta: —Alárgame esa hoja, por favor —Josefina
sacó el papel de la bolsa y se lo tendió a su
abuelo; éste se lo entregó a Dolores—. Es
una carta para ti, hija mía.

Al desdoblar el papel, algo cayó en el
regazo de Dolores. Era tan chico y brillante
como una chispa salida de las llamas: —¿Pero
qué es esto? —preguntó Dolores, contemplando
intrigada el pequeño objeto que sostenía entre
sus dedos.

Josefina contuvo el aliento. *¡Era el milagro!* De
repente se dio cuenta: la carta era una proposición
de matrimonio. Estaba tan contenta que quería saltar
mostrando a gritos su alegría: —¡Es un corazón!
—exclamó—. Es de papá. Es decir, papá se lo da a
usted. Ay, lea la carta, tía, léala y verá.

Cuando Dolores empezó a leer, sus ojos se

dilataron: —¡Ah! —murmuró—. ¡Ah! —volvió a decir.

Todos la observaban absolutamente inmóviles. Terminada la carta, Dolores miró a sus padres; su rostro estaba iluminado de pura dicha: —Pues bien —dijo con voz algo temblorosa—, el padre de Josefina me honra pidiendo mi mano en matrimonio. Díganle, por favor, que acepto.

—Ansina haremos y que Dios te bendiga, hija mía —dijo don Felipe.

Josefina se levantó de un brinco y rodeó con sus brazos el cuello de Dolores. En sus mejillas pudo sentir las felices lágrimas que su tía vertía.

El día de la boda, un sol deslumbrador brillaba sobre los campos cubiertos de nieve tan blanca como la leche recién ordeñada. Pero en el aire flotaba cierta suavidad. Josefina respiró hondo mientras avanzaba loma arriba desde el río. Era sin duda el insinuante destello de la primavera. La niña sonreía para sí pensando en los retoños, aún dormidos bajo la nieve, que muy pronto despertarían acariciados por el sol primaveral.

Esa mañana, el señor Montoya y la tía Dolores salieron a su encuentro en medio del camino. Juntos y sonrientes esperaron que se acercara: —Josefina —dijo su padre—, Dolores y yo queremos pedirte algo.

Dolores tomó la mano de su sobrina y puso en ella el milagro: —Esto en justicia te pertenece a ti porque nunca has renunciado a los deseos de tu corazón.

—¿Lo guardarás por nosotros? —preguntó el señor Montoya, sonriéndole amorosamente a su hija.

—Sí, se lo prometo —dijo Josefina.

Más tarde, parada a la puerta de la iglesia donde acababa de celebrarse la boda, recordó su promesa con la medallita apretada en una mano. Las personas que más quería en el mundo estaban congregadas en torno a ella. Su valiente abuelito, ya dispuesto a emprender una nueva aventura. Su señorial abuelita, que alzaba la barbilla como si llevara una corona. La tía Magdalena, que jamás le escatimaba su cariño y sabiduría. La dulce Ana, el fiel Tomás y sus traviesos hijos. La impetuosa Francisca y la sensata Clara. Y su madre que, a buen seguro, estaba también presente en los pensamientos de todos.

Aldeanos y vecinos, trabajadores del rancho y amigos del pueblo indio vitoreaban a su padre y a Dolores, que sonreían y saludaban agitando la mano. La banda empezó a tocar una alegre tonada, y la campana de la iglesia repicó jubilosa. Una bandada de pájaros sobresaltada por el alboroto rompió a volar con exuberante aleteo.

Josefina sonrió. Adivinaba lo que sentían aquellas aves, y su corazón voló con ellas hasta el infinito azul del cielo.

Una casa tradicional en un rancho de Nuevo México

Por más de doscientos años, los colonos nuevomexicanos vivieron vidas muy parecidas a la de la familia Montoya. Pero durante la niñez de Josefina comenzó un período de grandes transformaciones en Nuevo México.

Todo comenzó en 1821, año en que México se independizó de España. Hasta entonces, los extranjeros —incluidos los estadounidenses— no estaban autorizados a hacer negocios en territorio español. Cuando por fin se levantó la prohibición, los comerciantes de Estados Unidos

Llegada a Santa Fe de unos comerciantes estadounidenses

emprendieron expediciones desde Missouri por un sendero de carretas que fue llamado el Camino de Santa Fe. A los pocos años, docenas de caravanas acudían cada verano a Santa Fe. Algunos nuevomexicanos, como el abuelo de Josefina, iban también a Estados Unidos para comprar o vender mercancías.

La gran cantidad de productos norteamericanos empezó a influir en la ropa de los nuevomexicanos, en sus actividades diarias y en la decoración de sus hogares. Ya en su madurez, Josefina podría haber tenido ventanas de cristal, paredes empapeladas y algunos muebles de estilo americano. En su vejez podría haber sustituido los cómodos y prácticos rebozos, camisas y faldas de Nuevo México por corsés, miriñaques, tocas y otras prendas de moda en Estados Unidos.

Aunque los americanos estaban

Durante la década de 1820, las mujeres vestían siguiendo el estilo cómodo y práctico de Nuevo México.

A finales del siglo XIX, muchas mujeres nuevomexicanas —como la escritora Cleofás Jaramillo, en la fotografía— habían adoptado los estilos de la moda de Estados Unidos.

satisfechos con sus negocios en Nuevo México, muchos de ellos menospreciaban a sus habitantes o se burlaban de los usos mexicanos que no comprendían. Les parecía asombroso que se construyeran casas de barro o que las faldas dejaran al descubierto los tobillos de las mujeres. Algunos viajeros americanos publicaban reportajes en periódicos y revistas estadounidenses criticando diversos aspectos de la vida en Nuevo México.

Así y todo, los estadounidenses comenzaron enseguida a interesarse por los territorios mexicanos del Suroeste. Muchos americanos creían que Estados Unidos tenía derecho a esas tierras y a todas las tierras comprendidas entre el Atlántico y el Pacífico.

En diciembre de 1845, el gobierno estadounidense quiso comprar la parte norte de México, que incluía Nuevo México, pero el gobierno mexicano rechazó la oferta. Poco después, Estados Unidos declaró la

Tropas de Estados Unidos tomaron Santa Fe en agosto de 1846.

guerra. Las tropas estadounidenses invadieron Nuevo México por el Camino de Santa Fe y en 1846 impusieron allí el dominio americano sin librar batalla alguna.

La anexión provocó reacciones opuestas entre los nuevomexicanos. Algunos la celebraron pensando que como americanos tendrían mejores oportunidades de progresar, mas para otros significó una desgracia irreparable. Cuando la bandera de Estados Unidos fue izada en Santa Fe, los lamentos de las mujeres fueron tan desgarradores que acallaron incluso el regocijo de los soldados victoriosos. Esas mujeres temían que sus preciadas costumbres y tradiciones acabaran sepultadas en el olvido.

La guerra continuó al sur y al oeste hasta 1848. Cuando concluyó, Estados Unidos había conquistado casi todo el territorio

SANTA FE

Tropas de Estados Unidos invaden México.

En 1824, el área morada de este mapa pertenecía a México. En 1848, todas estas tierras eran parte de Estados Unidos. La línea roja muestra la actual frontera entre EE.UU. y México.

que hoy ocupan Nuevo México, Arizona, California, Nevada, Utah y Colorado, junto con algunas zonas de otros estados. A los habitantes de la región —exceptuados los indios— se les otorgó la ciudadanía estadounidense, de modo que Josefina se habría hecho americana a los treinta y tres años.

Tras la anexión de Nuevo México a Estados Unidos,

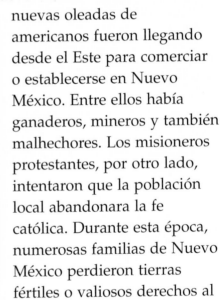

nuevas oleadas de americanos fueron llegando desde el Este para comerciar o establecerse en Nuevo México. Entre ellos había ganaderos, mineros y también malhechores. Los misioneros protestantes, por otro lado, intentaron que la población local abandonara la fe católica. Durante esta época, numerosas familias de Nuevo México perdieron tierras fértiles o valiosos derechos al agua de riego. En algunos casos, esas familias habían perdido los documentos que probaban la legitimidad de posesiones

Cuando Nuevo México se convirtió en parte del oeste de Estados Unidos, ganaderos y vaqueros americanos empezaron a mudarse al territorio. Pero también llegaron violentos pistoleros, como los cuatro hombres a la izquierda.

obtenidas más de doscientos años antes. En otros, los abogados y jueces americanos no interpretaban correctamente las leyes de propiedad hispano-mexicanas. En ocasiones, los estadounidenses simplemente engañaban a nuevomexicanos que no hablaban inglés para arrebatarles sus tierras.

Algunos pueblos indios sufrieron cambios aún más drásticos. El ejército de Estados Unidos emprendió guerras brutales contra los apaches y los navajos y los recluyó

Jóvenes mujeres apaches, a finales del siglo XIX

después en unas áreas delimitadas que recibieron el nombre de reservas.

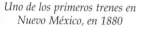

Hacia 1880, cuando el ferrocarril condujo a los primeros artistas y turistas hacia el Suroeste, los estadounidenses comenzaron a

Uno de los primeros trenes en Nuevo México, en 1880

Muchos artistas famosos llegaron a Nuevo México atraídos por su belleza. Sus pinturas animaron a otra gente a visitar el Suroeste.

Esta caricatura del año 1901 muestra a Nuevo México pidiendo a Estados Unidos la condición de estado. Muchos estadounidenses no querían que Nuevo México fuera un estado debido a su cultura española.

estimar el paisaje, el clima y las culturas de Nuevo México. El gobierno, sin embargo, no concedería al territorio la condición de estado hasta muchos años después. Los prejuicios contra la población de origen hispano-mexicano fueron uno de los motivos. Muchos estadounidenses creían que la gente de Nuevo México era demasiado "extraña" para ser auténticamente "americana". En 1912, más de sesenta años después de que terminara la guerra con México, Arizona y Nuevo México se convirtieron por fin en estados de la Unión.

Como Josefina, muchos nuevomexicanos formaron parte de tres naciones diferentes: primero España, luego México y finalmente Estados Unidos. A pesar de los vaivenes políticos, los pueblos y aldeas mantuvieron sus formas de vida tradicionales. En las ciudades, por el contrario, se produjeron cambios radicales. La administración pasó a manos de los anglos, en su mayoría personas del Este de Estados Unidos. Los negocios y los trámites o conflictos legales

Tras la llegada de gente del Este empezaron a aparecer en Nuevo México edificios de estilo americano y letreros en inglés. Esta fotografía muestra una calle de Santa Fe hacia 1905.

fueron regulados según las leyes americanas, y en las escuelas la enseñanza se impartía en inglés.

Los nuevomexicanos —tanto hispanos como indios— aprendieron a participar en la vida americana, pero también lucharon para preservar su religión, su idioma, su arte, su comida y sus creencias; para conservar, en fin, su cultura. Hoy el Suroeste es una región dinámica de Estados Unidos donde conviven las culturas de las gentes que allí habitan: la de España, la de México, la india y la anglosajona.

Una celebración moderna de las culturas española y mexicana de Nuevo México.